小小實驗

飛鵬子 著

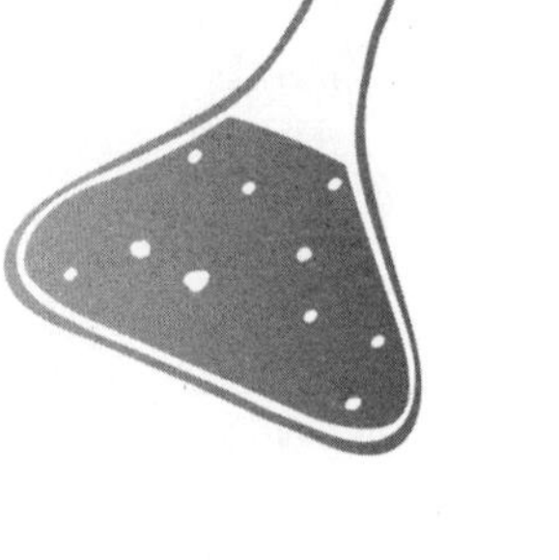

目次

我自己

我知道自己會陪我
自己也知道我會陪自己

牽掛

你的冒號有我的間隔號和他的著重號

征服

我的貓頭鷹
一下是貓
一下是老鼠
一下是狗
一下是我

玩弄

——給紙飛機

她摺了我
一下
兩下
三下
很多下後
才丟了我
讓我只飛
一下下

心眼

鯨魚很大
海很小

高調

1 隻皮鞋

2 條鞋帶

3 罐鞋油

狂

她帶走了氧氣
只留下風給我

宿命

我前天去圖書館
我昨天去圖書館
我今天去圖書館
我明天去圖書館
我後天去

沙漠

我走進你的心裡
看到有金字塔
有駱駝
有仙人掌
就是沒有太陽

珍惜生命

乀
亍
丰
匹
丑
卞
匕
入
丸
中

錯開

我跑去屋頂上靠著煙囪痛哭
你躲進屋子裡透過窗戶看雨

解詩

巧克力牛奶或牛奶巧克力分成巧克力和牛奶

坐

你的人在左邊也在右邊
在前面也在後面

情人節

今天
我去買雞蛋
南瓜
和拐杖糖
準備跟她
一起慶祝
明天的
4月2號

憧憬

北極熊在北極星和北極光之間找企鵝

青春

甜甜的
淡淡的
黃黃的
白白的
爆米花
都好吃

是非題

她的干擾項
不是你
就是我
你和我都很可憐
她卻很可愛

常態

疋王正正企止

乂

我真的是對的

逃避

風箏回來找我
熱氣球回來找我
雲朵回來找我
滑翔機回來找我
候鳥回來找我
我回去找大氣層

等等

請問我到底是省略號裡的哪一個點

一對

我們有
我和
你還有
他們

4格漫畫

心　門　口

心門　　口

心　　門口

悶　　　口

頭銜

跟熱狗上的番茄醬和芥末醬一樣
這是漢堡說的

小小實驗

她和我的固定性變數是他的保存方式
她和我的操作性變數是他的包裝過程
她和我的反應性變數是他的變質時間

諷刺

藍色石蕊試紙已經害羞了
紅色石蕊試紙還不太在意

洗衣機

你在轉動的
是你的腦袋
還是你的心

腥

魚幫自己換了跟海一樣的量詞

迷

她是很深
很暗
又很乾的井
我沒有掉進去
只好跳進去

解析度

我們一起在海岸上看海
我們一起在不一樣的海岸上看一樣的海
我們一起在以為是不一樣的海岸上看以為是一樣的海

襯衫和你

襯衫穿好了你
襯衫照了鏡子看了你
襯衫好想熨了你

善良

非常厲害玩躲貓貓的羊和狼

同化

1支鉛筆和1個橡皮擦算是2樣東西
1支後端有1個橡皮擦的鉛筆算是1樣東西

忠誠

我要你學金星的自轉
和海王星的公轉就好

惦記

我放下了
陽光
水分
二氧化碳
放不下
葉綠素

謠言

放大鏡和望遠鏡一起照哈哈鏡

雲

他們沒在飛翔
只在移動而已

再會

我們的感情
你說在日落
我說在日蝕

眞實

我坐在電視前
看我在電視中
在我關電視後

鄰居

雪糕和蛋糕不認識彼此
只認識冰箱和廚房

分裂

腳踏車說自己是三輪車
單車說自己是電單車
自行車說自己是車

羨慕

戴黑框眼鏡的兔子
還有備用的太陽眼鏡和隱形眼鏡

悲涼

我一下在冷藏格裡
一下在冷凍格裡
找一直在製冰格裡的你

不好意思

她曾經是123456789
她現在是3.14159265

修飾

哪一個我最好
A 我們引用我
B 我頂真我們
C 我們排比我
D 我層遞我們

有一個都市傳說

他的鏡子學他和他的鸚鵡
他的鸚鵡學他和他的鏡子
他學他的鏡子和他的鸚鵡

麻木

1／6是綠色的
1／3是黃色的
1／2是褐色的
1片普通葉子

延續

根很重要他說
果實才重要你說
葉子最重要我說

情義

不再看卡通的他所穿的T恤上沒有任何卡通圖案
只有卡通這兩個字而已

同理

青蘋果和紅蘋果互相同理彼此
紅蘋果和紅蕃茄互相同理彼此
紅蕃茄和青蘋果不互相同理彼此

團結

我們
到
你們
到
他們
到
大家
還沒到

規則

青色的黑板上有白色的粉筆寫著
著寫筆粉的色白有上板黑的色青

衝突

詩跟詞
打架了
受傷的
是隱喻

花心

第三名是鉛筆盒的自動鉛筆
第二名是自動鉛筆的筆芯盒
第一名是筆芯盒的鉛筆盒

看看

因為看到了
所以看不到了

討喜

對太暗的月球和太亮的燈泡都很反感的話
可以假裝自己是患上夜盲症的夜貓子

呼吸

只用肺的我
後來才發現
她有時用皮膚
有時用氣孔
喜歡我

自信

自己以為是自己寄給自己的信其實是自己寄給別人的信

沒關係

熊貓的家人是人家的貓熊

圈子

圓規不只畫了好看的圓形
還畫了難看的正方形和三角形

為了

為了羊
為了牧童
為了牧羊犬
為了牧草
為了牧場
還是
為了狼

孝順

我發現這個詞裡有很多數字

命運

去拜訪袋鼠
跟無尾熊拍照
帶綿羊回家

恐怖

我有電視機和冷氣機
他們有電視機和冷氣機的說明書和遙控器

超越

不

仐

丕

夲

迴紋針

我成全了他們
他們成全不了我

在一起

雨水
不是
雨和水
也不是
雨

舊情人

你
褪色了
脫線了
起球了
我
縮水了

快樂結局

燈泡很高興自己在壞掉前
還可以為白天不停地閃爍

密碼

你好
你對我不好
你好不好
你好不起來
你不好對我好

我有時會覺得

暗戀的同義詞和反義詞都是明白

飛鵬子

鵬子飛
飛鵬子
子飛鵬
鵬飛子
子鵬飛
飛子鵬
飛鵬子

小小實驗

松香—07

作者　飛鵬子
書籍設計　徐莉純
發行人兼總編輯　賴凱俐
出版者　松鼠文化有限公司
地址　260024宜蘭縣宜蘭市黎明三路一段57巷20號4樓
電話　（02）2234-2783
客服信箱　squirrel.culture@gmail.com
Facebook粉絲頁　www.facebook.com/squirrel.culture
法律顧問　陳倚箴律師
印務經理　陳金進
印刷　海王印刷事業股份有限公司
總經銷　紅螞蟻圖書有限公司
地址　114066臺北市內湖區舊宗路二段121巷19號
電話　（02）2795-3656
初版一刷　2022年5月
定價　新臺幣280元
ISBN　978-986-99868-4-7

國家圖書館出版品預行編目(CIP)資料

小小實驗 / 飛鵬子作. -- 初版. --
宜蘭市 : 松鼠文化有限公司,
2022.05
面； 公分. -- (松香 ; 7)

ISBN 978-986-99868-4-7(平裝)

851.487 111005405